# 타인의 땅

이평춘 지음

그 시절, 하늘을 쳐다보지 않았고 못했다
하늘을 본다는 것 자체가 사치였기에
그리고 그 시절을 통과했기에 지금 하늘을 볼 수 있게
되었다는 것을 청춘, 그대에게 전하고 싶다

어문학사

# 프롤로그

'이평아' 라는 필명을 사용하던 시절이 있었다.
젊음의 시간, 그 시절에 적어 놓았던 詩들이다.
장학금처럼 받고 싶었던 상금을 위해
응모했던 몇 편이 〈재일한국인 문학상 시 부문〉에 당선되었다.
시상식에는 참석하지 못했지만 우편으로 받은 상패와 상금.
상금은 학비와 생활비의 경계조차 불분명한 어딘가에 쓰였고
투명유리로 제작된 상패는
지금도 내 책꽂이 한 켠에서 치열했던 30대의 한때를 장식하고 있다.
그 시절, 쓰는 것 말고는 출구가 보이지 않았고 쓰는 것만이 위로가 되어주었던 글들이었지만, 그들은 20년도 넘게 파일에 꽂힌 채로 더 급한 논문과 수업들에 밀리며 먼지가 쌓여갔다. 그리고 나는 점차 유리상패에 먼지가 쌓여가고 있음에도 둔감해져 갔다.
치열했던 그 시절은 기억 속에서도 멀어져 갔고
날카롭기만 했던 기억조각들도 희미해져 갔다.
그리고 그 시절의 아픔조차도 덤덤해져 객관화 되어가며
나는 나이 먹는 편안함에 앉아있었다.

그런데, 이제는 더 이상 미루어 둘 수 없다는 생각이 불현듯 찾아왔다.
이제는 때가 되었다는 생각이.
이제는 익을 만큼 익었고, 묵힐 만큼 묵혔다는 생각이.
그러자 게으름에 안주할 수 없었다.
그 생각이 든 2018년 1월.
나는 '박경리 토지문화관 창작실'에 지원서를 썼고
운명처럼 7~8월 두 달 동안의 창작실 입주허가를 받았다.
그리고 여름방학이 시작되자마자
책꽂이에서 먼지만 쌓여가던 몇 권의 파일과 책과 자료를 챙겨
토지문화관 창작실로 들어왔다.
그리고 그 시대의 시편들에게 숨을 불어넣으며
기억을 불러내는 강령제 의식처럼 작품들을 교정했다.

내 30대의 시작과 끝은 일본에서 이루어졌고,
유학은 결코 넉넉한 유혹이 아니었다.

오로지 혼자였고, 스스로 책임져야 했고, 경쟁에서 밀리지 않아야 했고, 승자가 되어 살아남아야 했다. 그곳은 투쟁의 장소였다.
그 시절 나는 일본의 하늘 색깔을 기억하지 못한다. 분명 하늘이 있었음에도 불구하고, 하늘을 쳐다보지 않았고 못 했다. 지금의 나는 하늘을 쳐다볼 수 있다는 것이 얼마나 큰 축복인지 알고 있다. 그러나 그 시절엔 하늘을 본다는 것 자체가 사치였기에 마음이 허락지 않았다.
출구가 되어 준 것은 노트에 남기는 메모였고, 메모는 詩가 되었고, 詩는 파일에 끼워지면서 연작시로 쓰여 졌다. 10년 넘는 역사의 기록은 그런 과정을 거치며 '타인의 땅' 으로 남게 되었다. 그럼에도 그 글들은 현실적인 과제들에 밀리고 밀리며 펼쳐지지 못하고 흘러왔다.
이제 내 청춘의 기록들을, 현재를 살아가는 후배들과 나누려 한다. 학교에서 만나는 많은 제자들의 어두운 얼굴에서 내 그 시절을 읽을 수 있었기 때문이다.

특히 지난 학기 수업에서 만났던 제자 지연이에게 이 시를 전하고 싶다.
어쩌면 내가 그랬듯, 지금이 빛나는 젊음의 때인 것조차 모르고 살고 있는 청춘들에게, 그 시절을 통과했기에 지금 하늘을 볼 수 있게 되었다는 것을 전하고 싶어서이다.

박경리 토지문화관 창작실, 귀래관 101호

2018년 8월

이평춘

◈ 재일한국인 문학상 1997년 당선소감

## 이평아 / 시 「타인의 땅」

겨울 잠, 웅크린 채 자고 있는 긴 잠. 죽음처럼 보이지만 그것은 죽음이 아니고 또 다른 소생을 위한 꿈이다. 죽음의 동굴 같은 긴 잠이었지만, 이 잠이 절망으로 통하는 길이 아니라 희망에로 한 걸음씩 걸어가는 길이 되기를, 난 잠을 자면서도 기도했다. 절망과 희망이라는 2분법으로 나눌 수조차 없는 무채색의 날들 속에서도.

일본이라는 타인의 땅에서 난 그런 꿈을 꾸었다. 문학이라는 잡히지 않는 세계를 끌어안고서. 이것은 나만의 꿈이 아닐 것이다. 저마다의 이유와 목적을 갖고, 이 곳에서 살고 있는 우리들. 이유와 목적은 다르지만 부딪혀야 할 현실은 같은 것이라 생각한다. 우리가 살아야 할 현실이 아무리 고달프다 해도 각자의 이유와 목적이 자신을 지키는 힘이 되길 바라며 가고 있다.

「타인의 땅」이란 연작시는 그런 과정에서 태어났다. 그러나 「타인의 땅」이 아닌 「이웃의 땅」이 되기를 소망했다. 그렇지만 나는 아직 그 답을 내 안에서 찾기 어렵다. 언제가 되어야 이웃의 땅으로 명명할 수 있을지. 그러나 언젠가는 「타인의 땅」이 아닌 이웃의 땅으로 이 나라를 사랑할 수 있기를 바라고 있으며, 그것이 나의 과제인듯 하다. 하여, 언제인가는 「타인의 땅」이 아닌 「이웃의 땅」이라는 제목으로 시를 쓰고 싶다. 그러한 날을 희망한다.

보잘 것 없는 시를 뽑아주신 월간 「아리랑」에게 감사를 드린다. 긴 겨울 잠에서 깨어나길 바라는 격려라고 생각하며 전진하고 싶다.

목차

# 1부

## 타인의 땅 1
### — 4월, 그리고 시작

4월 3일
월요일은
입학식이 있는 날이다
3월에 신학기가 시작되는 한국과 달리
4월에 입학식이 있는 지점을 향해
대한항공 비행기를 탔다

소박한 우메다공항은
만개한 벚꽃으로 화려했다
공항울타리 전체를 휘감은 사쿠라
분홍 잎들의 힘찬 술렁임
입국허가를 받고
트렁크 밀고 나온 나에게 수다스런 말을 걸어댔다
어서 오세요,
환영합니다,
두려워말고 떨지 말고 살아보세요,
햇살 밑에서 눈부신 꽃대궁은
넉넉한 품으로 첫 인사를 해 주었다

규슈부터 시작된 벚꽃전선
빠른 보폭으로 달려와
오사카공항에 머물러 있었고
4월 첫날에 착륙한 익명의 나를
꽃이 가장 먼저 알아보았다

나는 공항에서 눈부신 분홍 꽃을 만났고
그 꽃들은
내 생애 처음으로 빛나는 꽃이 되었다

## 타인의 땅 2
### — 버섯

이곳에는
연극처럼 살아온
장편소설처럼 살다간
버섯처럼 사는
미공개 된 습지가 있다
저마다의 사연을 수첩에 적어두고
습진에 걸린 채 살아가는
내 나라 사람들이 있다

## 타인의 땅 3
### — 문자 박람회

스탠드 높이만큼
책상 왼쪽에 켜켜이 쌓여 있는
아쿠타가와 전집
엔도 슈사쿠 논문집
류시화의 시집
문학정신 4월호
한일사전과 일한사전
영일사전과 한영사전 그리고 옥편

4개국 문자들이 서로 다른
음과 뜻과 모양으로 프린트되어
머리를 교란시킨다

밑줄 친 얼룩과 지문의 손때 기다리는
장정 잘 된 책들의 릴레이
800미터 장거리 달리기와 체력장 종목처럼
끈질기게 달리는 마라톤 선수의 하얀 머리띠가
맑아 보이는 새벽

## 타인의 땅 4
— 근시안

부서지는 줄 알았다
아무것도 막히지 않은 앞을 향해 걸었는데
순식간에 정면충돌
안경이 바닥에 떨어졌다

분명 눈앞에 아무 것도 없었는데
걸릴 턱도 없었고, 지나가는 사람도 없었고
그런데 내가 부딪힌 것은 무엇인가

널브러져 앉은 자리 앞엔 대형 유리문이 있다
밀어도 밀리지 않는 오만한 자세로

어제까지 없었던
내 의식 속에서는 분명 없었던 문이 서 있다
나는 분명 저 안쪽을 향해 앞을 보며 걸었고
시선을 가로 막는 것은 아무것도 없었는데,
투명한 공간에 내 무릎이 깨지고 안경이 깨졌다

보이지 않는 공간과
코 앞 현실에 부딪혀

# 타인의 땅 5
## — 첫 미사

준석이는 자기 집 가까이 성당이 있다고 했다
나는 주보와 약도를 부탁했다
쉬는 시간에 그는 주보를 건네주었다
교토 사인(四院) 성당

일주일 후
주보의 주소로 성당을 찾아 나섰다
어림잡아 있을 것이라 예측한 장소에서 내려
걷기 시작했다
바둑판처럼 정교하게 조성된 교토의 거리
작은 사각형 만큼의 길을 한 바퀴 돌았는데도
보이지 않는다

길을 걸어가는 중년의 남성에게
주보를 보이며 도움을 청했다
그는 가까운 거리이지만 걷기엔 무리가 있고
설명을 해도 이해하기 어렵다고 판단
천 엔짜리 지폐를 꺼내 나에게 건네며
택시를 타고 가라고 한다
천 엔짜리 지폐에 매달린 그의 마음

모르는 사람에게 받는 택시비 천 엔
망설였지만,
돕고 싶은 그의 얼굴
나는 지폐를 받아들며 감사하다고 했다
일본에서의 첫 미사는 그가 준 천 엔의 택시비로 시작되었다

# 타인의 땅 6
## — 미로

아사히 조간신문을 읽음
요미우리 방송 9시 뉴스를 보았음
노대통령이 고르바초프를 만나 악수를 했음
역사의 창문이 열렸음
한국 시민은 태극기를 들고 환영했음
그러나 교토 석간신문엔
북한의 대화 거부 내용이 실렸음

# 타인의 땅 7
— 현대시 강의

목요일 넷째 시간엔 담쟁이덩굴이 자란다
하라시로 교수의 무성한 백발처럼 몸 구석구석 엉켜든다
그의 입에서 뿜어내는 흰 거미줄에 온 몸을 돌리며
우리는 칭칭칭 거미줄 감는 유희를 즐긴다
그가 우리의 덩굴을 모더니즘으로 비틀면
우린 오토마티즘으로 튕겨 올랐다

하기와라 사쿠타로*의 '月に吠える' 는 그의 무거운 텍스트였고
우리는 어두운 달을 건너뛰어 '해를 보고 짖는' 신세대 되어
과감한 탈출을 시도한다
껍질 벗기와 무게 달지 않은 해방감
누가 먼저 완전한 껍질 벗기에 도달할 것인가
그 날은 나의 몸이 덩굴로 기어오를 것이다

하라시로 교수의 푸른 와이셔츠에 매달린
물방울 넥타이를 튕기며
우리는 가벼움의 시론을 익히고 있었다
내년에 정년퇴임하는 그의 물방울을 모아
우리는 풍선을 불며
그의 모더니즘 시학에 바람 넣을 것이다

* 하기와라 사쿠타로(萩原  朔太郎 1886~1942): 일본 근대 시인,
시 ―'月に吠える, 쓰키니 호에루 · 역 - 달을 보고 짖는다'

# 타인의 땅 8
## ㅡ 수초

칙칙하게 감겨오는 오후
발바닥에 이끼가 자라고 있어요
이끼의 씨를 털어내고 싶어
발 닿은 역에서 기차를 탔어요

계획치 않았던 역 이름은 가메오카
강변은 녹색의 수풀로 흔들리고 있었어요
몇백 년
이 자리에서 태어나
바람 부는 쪽으로 길게 누운 수초
수초의 푸른 몸을 휘어 감는 비린내의 이끼

금속성 열차 안에서도
햇살 강한 수면에서도
내 발육 성 이끼
발등까지 기어오르고 있어요

## 타인의 땅 9
— 저온 기류

바르셀로나, 올림픽 여자배구 준결승전
빨간 유니폼의 한국 선수와
하얀 유니폼의 일본 선수
9월 타이 방콕에서 열렸다
위성중계 방송
양국 선수의 빠른 동작 뒤엔 골 점의 자막이 돌아간다
한국 선수를 응원하는 나
일본 선수를 응원하는 그들
나란히 앉아 TV를 보고 있는 그들과 나
공기층을 뚫고 흐르는 이상한 거리감
엇갈린 우리 희망사항을 유유히 지나는
자막의 숫자
홀 안 가득한 저온 기류
화면을 가린다

## 타인의 땅 10
— 한계

퉁퉁 분 라면을 젓가락으로 휘휘 저으면
멀건 기름 덩어리 밑에 건져지는 면발
하얀 면발처럼 끈질기게 버티다
시효 시간 지나면 두세 배 불거지듯
견디다란 동사와
견딤이란 명사에 지쳐
퉁퉁 끊어지는 면발처럼
끈기의 허리가 뚝 끊어지는 소리
몇 가락의 라면으로
장의 입구를 틀어막고 현기증을 일으키는
오늘의 내 인내심은
위 속에서 잘게 부서지는 면발

## 타인의 땅 11
— 자서전

대한민국 대통령이 일본을 방문한다고
뉴스시간마다 앵커우먼이 이야기했다
NHK 기자는 광화문 이순신 장군의 동상을
파고다 공원과 독립기념관을 촬영해
다다미 방 안을 향해 쏘아댔다

스크린 안에서 인터뷰하는 한국의 얼굴을 보았다
노태우 대통령은 訪日했고 천왕과의 만찬석에서
가이후 수상이 미소 띤 얼굴로 인사했다

이 땅에서 질긴 한을 뿌리박고 살던
교포들의 숨소리가 가벼워졌다
코리안 가톨릭 센타
일요일, 미사 마치고 모인 사람들
방문 3일간의 내용 녹음해 숨죽이며 듣고 있다

아무도 먼저 입 열지 못하는
자신의 자서전 속에서 침묵하며

아직 남아 있는 잿더미 속에
꿈틀거리는 빨간 불씨가 보인다

## 타인의 땅 12
### — 감옥과 자유

뚫어진 지구 안고 사는 나를
크리스마스 선물처럼 방문해 주었다
거리와 상관없는 거리감
거리의 근 · 원과 상관없이 넘나들 수 없는
이제는 그 감옥에서도 살아지는 방법을 익히고
조립되는 세상 만들기가 보이고
불평화 속에서의 평화 만들기를 배우고 있을 때
그녀가 왔다

그녀는 뚫린 구멍을 넘나들며
내가 감옥이라 믿고 살던 이국의 자유를 보고 있었다
일주일 여행 후면 돌아갈 비행기 좌석이 예약된 그녀와
귀국 행 예약이 안 된 나와의 차이는
똑같은 풍경이 감옥이며 자유였다

## 타인의 땅 13
### — 맞물리지 않는 언어

오늘의
기록을 위해 펜을 움직인다
첫째 줄을 쓰고 둘째 줄을
그러나 나의 손과 언어는 곧 장애를 일으킨다
머릿속엔 한국어의 필름이 토막토막 잘려나가고
그 자리에 일어의 필름이 끼워져 있다
나는 분명 모국어로 글을 쓰고 있는데
머릿속엔 일어의 단어와 문장이 가로막고 서
진행에 브레이크를 걸고 있다

프랑스로 유학 간 친구
불어의 문법과 리듬을 익히기 위해
가족의 국제전화를 1년간 거부했다는 이야기
웃기는 얘기라 치부했던 나

얼마만큼 한국어를 사용하지 않고
한국 사람을 만나지 않느냐가
언어습득 1차선 직행코스인지 알고 있던 그녀

새로운 세계에 함몰되지 않고는 낙오자가 되는
우리들의 타국에서 우리들에게 요구되는
새로운 삶의 방법과 형태
또 다른 생존경쟁
내 말과 글은 정체불명의 미로에서
오늘도 절뚝이고 있다

## 타인의 땅 14
### — 도서관

무엇과 악수할 것인가,
여기는 사람의 손과 악수할 수 없는 곳
마주잡아야 할 것은
내 앞에 서 있는
고립된 언어와
절망의 독방

어둠은 도서실 바닥을
뚜벅뚜벅 걸어와
나를 데리고 나간다

이국에서 산다는 것은
예상하지 못한 암초를
수시로 난데없이 만나는 것
그 암초는 누구도 아닌
자신만이 건너야 하는 항해
지푸라기 잡는 것조차
내 손을 뻗어야 하는
나만이 해야 하고
할 수 있는 것

## 타인의 땅 15
### — 309호실 문학 세미나

11월 문학 캠퍼스
돌아가신 외할머니
주름진 육신의 껍질처럼
굴러와 쌓인 낙엽들

아홉 명의 대학원생과 중년의 교수
잉크냄새 아직 뜨거운 핸드아웃
직사각형 테이블 네 개를 맞대어
정사각형으로 둘러앉으면
우리 이념의 모서리도 각이 진다
발표자인 가미타니의 테너 목소리가
세미나실 전체 공기를 데우면
내 머리 속의 공명은 그의 목소리로 채워진다

혼탁한 머릿속에
60년대의 가와바타 야스나리와
90년대의 오에 겐자부로는 어떤 상관관계가 있는가
가와바타의 단편소설과 내 11월 방세와 생활비는
어떤 함수관계도 맺지 못하고 공허히 흩어지고 있다

그의 테너 목소리에서 왜 그리움이 묻어나는 걸까
309호실의 문학세미나는
어떤 인과법칙의 답도 주지 못한 채
나는
그리움만을 낚아챘다

## 타인의 땅 16
### — 해바라기

며칠을 앓아
움푹 패인 얼굴로 밖을 나선다
커튼 치고 누워 있던 무덤 밖에는
여전히 환한 세상이 있었네

침대를 뒹굴며
쓰러진 통곡의 밤이 내게 있었다 해도
그대로 있어온 세상의 밝음

엷은 화운데이션으로 병색 가리고
아무렇지도 않은 척
태연히 나서 학교 가는 길

약 없이 혼자 앓다 나온 태양 밑
빈센트 반 고흐의 노란 해바라기가
푸르른 하늘 가득 익고 있다

## 타인의 땅 17
### — 헛된 꿈

줄 그어진 선까지 달린다
줄 밖에 있을 땐
눈앞에 보이는 선이 유일한 목표
목적지까지 달려가면
선은 저 앞으로 달아나 있다

그곳까지 달려가면
또 저만치 달아나 있는 선

잡을 듯하면, 닿을 듯하면
서둘러 도망가는 선

눈앞에 보이던 선은
언제나 저만치
앞서서 뛰어가고 있다

## 타인의 땅 18
### — 코리안 가톨릭 센터, 기숙사의 오후

휴일 오후의 태양은
창에 걸려 눈부시고
기숙사 아이들은 모두 외출했다

긴 복도를 걸으면 바닥에 깔려 잠자던 무거운 먼지
따라와 내 방에 드러눕는다

말 한마디하지 않고
아무 것도 먹지 않고 시체처럼 고요한 날
책 속에 누워 있는 히라가나와 가타카나
한자들의 문장과 융화되지 못하고
밖을 향해 달아나는 눈

각막에 그려지는 낮은 지붕과 성모상과 자동차

하루 종일 입 열지 않고 사는 나
하루만이 아니라 일주일을 한 달을 일 년을
해야 할 말과
하고 싶은 말 속에서 갈팡질팡
하여 검은 그림자만 쑥쑥 자라는
모든 날의 오후

## 타인의 땅 19
### — 이시카와 다쿠보쿠*의 천국

26살에 시 쓰는 불행에서 벗어난
살아있던 너를 위해
오늘밤 우리 동일운명체 되어 가슴 끌어안자
토해 내는 결핵의 피로
우리 견디지 못하는
무게를 잊으며 더욱 뜨겁게
살아있는 현실과 살고 싶은 미래의 늪에서 아무것도 잡지 못한 채
폐결핵의 다리에 걸려 쓰러진
너와 너의 아내와 너의 어머니
네가 떠나왔던 고향 시부타미 무라와
청춘을 살았던 도쿄에서
시와 소설은 네게 양식을 주지 않았고
미래는 날로 앙상해져 갔다
네가 떠나온 고향과
내가 떠나온 서울은 신기루의 환상처럼 멀고
그리움의 독이 온몸에 퍼지고 있다
우리의 같은 슬픔을 위해
네가 권하는 이 잔을 소중히 받아들고

다쿠보쿠,
네가 결핵의 피를 마셨듯
나는 내 정신의 결핵을 마신다
네가 몰아 쉰 한숨이 전수되어지는 이 밤
네가 자고 있는 이부자리 속에 들이민
내 발가락이 이제야 따뜻해 온다
더 이상 찬바람 휘젓는 거리에 서 있지 않고
찾아갈 수 있는 네 천국에 발을 담구면
고요한 잠이 보인다

* 이시카와 다쿠보쿠(石川啄木 1886년~1912년):
일본 메이지 시대의 시인이자 문학평론가이다. 26살 젊은 나이에 불운했던 생애를 마감했다.

## 타인의 땅 20
— 편지

두 달 넘는 봄 방학이
보증수표처럼 남아 있다
숨 쉬는 자유를 어찌할 수 없어
곤혹스러워,
이 자유 반납할 수 있음 좋겠다

통로가 필요하다
흐를 수 있는 통로가
그 무한한 공간 넘나들 수 있는
그것이 내가 바라는 자유이다
숨통 트이는 자유
그러나 내 통로는 막혀있다
열려고 하지 않는 내게 더 큰 문제가 있음을 안다

지난 주일에는 모딜리아니전을 보러 전철을 타고 오사카에 갔다
모딜리아니 그림에는 사람의 냄새가 있어 좋다
나를 향해 서 있는 냄새
나를 인간이게 하는 표정
따뜻하다

가고 싶다
수없이 달려가 서울의 하늘을 보고 싶다
그리고 이 무겁고 칙칙한 회색 옷을 벗어 던지고 싶다
생이 아픔만이 아니라고 일러주는
나를 감싸주는 따뜻한 옷을 입고 싶다

## 타인의 땅 21
### — 시간

알람시계에 깨어난 아침이
오후가 되고 밤이 되어갔다

오늘이 어제로 매몰차게 뒤돌아서는
시간이 흘러
더 이상 흐를 곳 없는 곳에서
'뚝' 하고 멈추어 서는 날
나는 그날을 기다리고 있다

나는 오늘이 가고,
내일이 가고,
또 그 내일이 자유롭게 지나가도록
보도에 서서 부채질을 한다
둥근 원을 그리며
다리 밑으로 액체의 시간이 흐르도록 부채질을
내 가랑이 밑으로 굵게 흐르는 시간의
검은 넋
그렇게 아침은 오후가 되고
밤이 되고
검푸른 넋이 되어 갔다

# 타인의 땅 22
— 靜

밖에는 바람이 불어요
내 안까지 휘몰아치는 바람이

열 갈래로 흩어진 폭풍
한 가닥 잡아 막아도 비집고 들어오는 무서운 생명력
살과 피, 껍질 가진 인간의 내면에는 무엇이 살기에
유기 단백질을 태우면 칼슘 덩어리의 뼈일진대
타지 않고 남는 것이 있어
시도 때도 없이 흔들어
앉지도 서지도 못하게 하는가요

고요 속에 있으면 고요만큼
잠기지 않고
고요만큼의 파장으로 흔들리는
내 안에 사자처럼 웅크리고 앉아
잠자는 나

기하급수적으로 성난 세포분열하는
미생물인 나
그 마음 다스리는 날

# 타인의 땅 23
— '95 가을

붉게 익은 감나무 위에
까마귀 한 마리
까악까악
하얀 정적에 면도날을 댄다
'쩡' 갈라지는
종잇장 같은 푸르름
갈라진 하늘에
놀란 까마귀
푸드득

## 타인의 땅 24
— 아이러니

어느 날 무겁다고 생각했다
나를 가볍게 하는 사물들이

꼭 아침밥을 해야 할 이유도 없고
깨워야 할 가족도 없고
일주일에 한 번 세탁기를 돌려도 불편하지 않고
청소기를 밤에 돌려도 상관하지 않는
매일 같은 솥의 밥을 먹고
서른이 지나서도 학생이라는 신분을 갖고 있는

어느 날 중심을 잡아주는 추를 생각했다
혼자 도는 바퀴의 헐렁함에 안주하며
천년의 자유를 누리면서
저울의 중심을 잡아주는 추,
놀이터의 시소, 그 균형 감각

날아갈 것 같은 날들의 가벼움 속에서
가벼움을 잡아주는 무거운 추
난 바람에 날리며 생각했다

## 타인의 땅 25
### — 목소리가 살지 않는 나라

소리를 만나고 싶다
소리의 냄새를 맡고 싶다
소리를 갖고 싶다
소리에게 말 걸고 싶다
소리에게

멀쩡한 대낮과
깜깜한 밤과
붉게 노을지는 늑대의 시간과

하루
어디에서도 목소리를 만나지 못했다
만날 수 있던 유일한 것은
안에서 터져 나오는 침묵의 소리뿐
나에게 말 거는 것은 오직 공명의 소리뿐

## 타인의 땅 26
— 저녁풍경 1

풀밭을 태연히 걷는 새가 눈앞에 있다
이른 저녁 먹고 나왔을 사람들
까마귀는 큰 몸뚱이로 나무 사이를 날고
강아지를 끌고 산책 나온 저 여인도 아름답다

아빠를 따라 나온 아이들은
놀이터 모래더미에서 성을 쌓는다
가벼운 호흡으로
젊은 부부가 발맞추며 뛰어가고 있다

비린내 나는 숲 속
어둠이 몰려오기 직전의 고요
자갈밭 위엔 순찰차가 지나고
같은 나무끼리도 잎의 빛깔이 서로 다른
이곳은 오늘 밤도 건강하리라

저기 또 한 남자
리본 맨 스피츠를 데리고
평온한 저녁 끌고 온다

## 타인의 땅 27
### — 세대교체

지나간 한 달 치의 신문을 사서에게 신청한다
그녀는 서고에서 한국의 신문을 건네준다
책상에 20센티 높이의 뉴스가 쌓인다
2월 중순 헐렁한 봄 방학 속으로 기어 들어온 홈시크
조용한 도서실 구석에서 반짝반짝 머리를 닦고 있는 아이들

"삶의 새로운 출구 찾기 위한 글쓰기"
신춘문에 당선 소감 잉크냄새가 진하다
"뿌리 없는 생활과 끝 보이지 않는 길 찾기의 과정, 또 다른 출발"
그들의 지친 숨바꼭질을 술래가 풀어주었다

새해 신문 기다리며 연말 보냈던 적이 내게도 있었지
오래 전 이십대 시리게 꿈꾸던 그 시절이
꿈 걸어 두고 그래프 그리던 내 이십대는 사라지고
아직 어렸던 민머리 그들이 나를 저만치 밀어내고 올라와 있다
비 내리는 날들을 삭이며 태양 기다려온 신문 속의 그
오늘 반짝이고 있다

## 타인의 땅 28
— 희망

살면서 가장 무서운 것은
아무것도 희망하지 않는
여자로 남는 것

모든 것 버리고
포기하여 죽음에 이르는
살면서도 죽어 있는

비우는 것과
포기의 차이는
천국과 지옥

내가 이승에서 바라는 것은
드라이플라워
메마른 여자로 남지 않는 것

마지막 희망만은 버리지 못하고 안절부절 매달리는
그래도 그런 여자이기를
이 세상이 내 마지막 희망마저 살해하지 않기를
이승에서는 그래도
희망에 매달리는 그런 여자로 남아 있기를

## 타인의 땅 29
### — 心

놓을 곳 없다
구멍 뚫려 헤집어진 너
놓을 곳 이리도 없다
오천만근 무거운 몸으로 떠도는

놓일 곳 찾아 떠돌지 말고
놓을 곳 없음 아파하지 말고
마음을 없애면 어떠할까

## 타인의 땅 30
### — 하얀 방사선에 감염되어 가는 날

무기 없이 떠돈 하루
방사선에 감염되어 돌아왔다

총과 칼과 영혼
무기 갖지 않은 전쟁의 빛은 참혹하고
감염 부위는 하얗게 증폭되어 갔다
육신은 그대로인데
육신의 사골은 삭아 허물어져 내렸다
삭아 내린 뼛속에서 하얀 진눈개비 흩어지는
날들이 늘어갔다

## 타인의 땅 31
### — 마이츠루(舞鶴)

학이 춤추는 마을
전설 속,
지금도 지도 속에 살아 있는 마을 마이츠루
항구엔 홋카이도와 규슈 행 여객선
인기척 없는 빈 좌석만 묶여 있다

한국에도 똑 같은 이름이 있었다
여고시절 미정이가 다녔던 학교
무학여고
뜻 모르고 부르던 그 이름
여고를 졸업한 지 저기 저 까마득한데
그 이름의 신비를 이제야 깨닫는다

마이츠루, 舞鶴
이곳 사람들은 무얼 바라며 학춤을 추는 걸까
학을 기다리며 나이 든 마을

새벽에 학의 무리가 날아와
긴 외다리로 군무를 추고
떠난 줄도 모르고
기다리며 기다리며
허무의 잠을 자는 마을

## 타인의 땅 32
— 위기

흔들리지 말기
마음의 동요 소나기처럼 몰려와
나를 휩쓸어 갈지라도
싸리 빗자루로 휘저어도
쓰러지지 말기

지금 흔들리는 건
출렁이는 것이 아니라
한 짐 한 짐 져다 부은 물통을 옴팡 뒤엎는 것

마음 끈에 묶여 요동치는 활터
지금은 비켜서서
과녁을 피해야 할 때
필요함을 아는 것과
버티어 서는 것은 다르지만
그래도 지금은
내 목덜미 잡은 이 손을
거칠게 털어 내야할 때

## 타인의 땅 33
### — 만들 수 없는 색

나는 늘 노란색
노란색에 지쳐 시들어간다
내 삶의 색깔은 노을이었다

너는 녹색
연두색 아닌 짙푸른 진녹색
생명을 얘기하고 희망을 태우는
환상적 미래를 얘기하는
네 삶의 다리는 참 튼튼하구나

너는 녹색과 노란색 반반 섞으면
따뜻한 보색 된다고 이야기하지만
나는 오래전부터 보색을 원치 않았다
나에게 보색은 오래된 허구의 세계
내 노란색은 노을도 되고 일출도 되었다

## 타인의 땅 34
### — 저녁풍경 2

독에서 한 컵의 쌀을 퍼낸다
수도꼭지 틀면
생명수 같은 물이 쏟아진다
한번 헹구고 또 손으로 문질러
벼이삭 내음을 씻어낸다

밥이 되기까지의 여행
창문엔 9월 하순 비가 내리고
라디오에서는 교토 사투리 심한
여가수의 엔가가 흘러 나온다
수업 끝나 돌아가는 거리의 아이들
비 맞으며 달려가고 있다

모락모락 따뜻한 냄새
어린 시절 엄마의 냄새가 밥솥에서 익어간다
열 컵의 쌀로 한 솥 가득 밥을 해도

함께 나눠 먹을 사람이 없는 밥
혼자 먹기 위한 밥은 오늘도
학교 파하고 돌아가는 창밖 아이들 사이에서
익어간다

## 타인의 땅 35
### — 고쇼*의 추억

3년 전에 왔던 고쇼(御所)
이전의 그곳이 아니다
3년 전 자전거를 타며 하이킹을 했었던
그 나무
그 벤치
그 돌멩이
그 까마귀
그 잔디
그 풀벌레

모두 같은 모습으로 있지만 그대로가 아니구나
그때의 내가 아닌 내가
이곳에 다시 왔듯
까마귀의 울음은 그 때와 같으나
그 까마귀는 아닐 테고
풀벌레도 여전하지만 그 때의 풀벌레는 몇 번이나 환생하여
이곳에 있겠지

앉았던 나무의자는 예전과 같고
정기순찰을 도는 순찰맨의 자전거 모습도 그대로이나
그대로인 것은 아무것도 없다

* 고쇼(御所): 일본 헤이안 시대(平安時代 794년~1185년)의 수도였던 교토(京都)의 황거. 교토는 메이지시대(1868년~1912)에 이르러 도쿄(東京)로 천도하기 전까지 일본의 수도였다.

## 타인의 땅 36
### ㅡ 봄

슈퍼에서 사온 상추
비닐포장 벗겨내니
쭈글쭈글 시들어 있다

늙은 살을 씹듯 개운치 않아
한 잎 벗겨 씻다말고
물에 채워 담가놓는다

새벽녘
나와 보니
양재기에 담겨진 상추
새 살로 팽팽해져 있다

# 타인의 땅 37
## — 추석의 달력

달력엔 시간의 용암이
덕지덕지 녹아있다
귀퉁이 끌어당기니 오늘이 추석이라고
내 방 달력에 붉은 덩어리 올려져 있다
오동추야 밝은 달
대보름달아

달 뜨지 않는 이국에선 지워버릴까
추석이 지닌 모든 뜻과 그림 지우는 것이
정신건강 지키는 비결인 것을

도쿄 달력에 그려진 보름달
내 지문 닮아 흰 여백 생기도록 지운다
그 속에 갇혀 오히려 편안하도록
보이지 않는 동굴 속에 갇혀
세상 잊어 가는 박쥐가 되듯

보름달은 지워지고
난
그려진 여백 속으로
망각의 잠 자러 들어 간다

## 타인의 땅 38
### — 말을 하고 싶다

내장 안에 갇혀 썩고 있는 피와 고름에 대해서
성대 울려 나오는 소리 가진 만남을
이제는 무엇이 아니어도 좋다

내장에 갇혀 꿈틀거리며 내 부패의 거름되는 것
토해낼 수 있는 것이라면 그 무엇이라도
웅어리에 누워 잠든 내 뺨을 때려
이 길고 긴 수면의 밤을 깨워 줄
무엇이라도 좋다

닫혀 있는 문을 열고 들어와 은밀한 내통을 허락해다오
피와 고름이 숨통을 막지 않도록
호흡장애로 영원한 잠 자지 않도록
말을 시켜다오

비 뿌리는 하늘에 얼굴 들이밀며 숨쉬는
숨을 쉬는
그 기쁨 얻을 수 있도록
말을 시켜다오

## 타인의 땅 39
### — 휘파람을 불어주세요

토요일
순복이는 일본 국내여행을 간다고 한다
월요일 출발이라 바쁘다고 한다

일기예보에는 오후부터 비라고 했다
쟈네트 씨의 딸인 종원이와
잔디밭에서 놀기로 한 약속을 취소했다

갑자기 방치되었다
토요일 오후가

순복이네서 '작가세계' 를 빌려왔다
그래야만 토요일 오후를 무사히
건너갈 수 있을 것 같아서
'박경리 작가' 의 특집
그녀의 글이 내 방안에서 발효하고 있다

흐린 날
토요일 오후
박경리 작가는 창 앞에 서서
무방비 상태에 놓인 내게 휘파람을 불어주었다

## 타인의 땅 40
### — 다테야마의 아침

꽉 막히고 정체된 도로 위에 서 있었다
그날, 나는 짐을 챙겨 기차를 탔다

1
물미역 냄새
파도소리에 잠을 깼다
조개껍질이 뻘을 이룬 다테야마
화산석의 바위 끝에 선다
강아지를 데리고 낯모르는 아이가 달려온다
강아지의 이름이 체프라고 아이는 말한다
노란 잠바 앞 단추가 열려있다
단추를 채워주었다
운동화 속 모래 가득하다
신발 벗겨 모래를 털어준다
운동화 속 모래까지 상큼하다

2

아이는 내 주위를 떠나지 않고 맴맴 돈다
저만치 놀다가 다시 돌아와서

다섯 살이라고 손가락을 펴 보인다
아라이 카즈히로라고 이름을 말한다
히라가나로 쓴 내 글이 맞다고 이야기한다
가위바위보가 특기라고 아이는 또 말한다
아이와 가위 바위 보를 한다
연거푸 아이가 이긴다
세 번째는 내가 이겼다
네 번째, 아이는 자기 특기에 끼어 든 내가 불만인 듯하다
다섯 번째의 가위 바위 보
아이는 주먹을 냈고, 난 가위를 내 주었다
낯설게 만난 우리는 가위를 내주고 주먹을 내며
일출의 황금 빛 속에서
푸드득,
날개짓 하고 있다

## 타인의 땅 41
### — 시 쓰는 날

시를 쓰는 날은 불행한 날이었다

그러나,
쓸 수조차 없는 날은 더욱 불행한 날이었다

## 타인의 땅 42
— N극과 S극

외침이었고
아우성이었다

우리는 감정 들고나는 통로를 갖고 있지 못했다
전달하고 나눌 수 있는 어떤 매개도 갖고 있지 않았다
우리 사이엔
무관심의 전기만 흐르고 있었다
무관심은 미움에서 시작된 것이 아니라
기다리다 지친 자들의 방패였다

어느 날,
뉘우침이 태어나고
눈뜸이 태어나고
소리가 태어나고
아우성이 태어났다

패자가 되어도 좋을 외침이 똬리 틀며 고개를 세웠다
무관심으로 자신을 투박하게 방어하는

허약한 용기 포기하며
더 이상의 냉각기를 부식시키며
나는 N극을 향해
무관심에 고여 있던 전기
방류하기 시작한다

## 타인의 땅 43
### — 에스컬레이터

꽝
유성음과 함께 내 발을 휘어 감는 무엇
휘청거린다
흔들린 내 몸에 가해진 충격

에스컬레이터 톱니바퀴가 레일에 걸렸다
돌아가지 않고 멈춰 섰다
더 이상 상승계단을 향해 움직이지 않는다

정지되는 순간,
가속력 붙은 하강

아래로
아래로
급속도로
내려가는 절망의 눈

## 타인의 땅 44
— 풍경화

몇 살 되어야
눈물없이 스케치할 수 있을까
극단적인 폭풍우도
극단의 꽃밭도 아닌
엷은 수채화로 덤덤히 그려내는
평온한 풍경

내 생애 한 폭의 풍경화면 충분할진데
평화는 온데간데 없고
등 부러져 누운 나무등걸만

수채화의 여백은 비어있고
가시 돋은 싸리나무만
켜켜이 두른 채로
연두의 둥지로 들어서지 못한
내 화실에는 오늘도 비 내린다

## 타인의 땅 45
### — 파란 눈 고양이의 반란

높은 칼로리 가공식품으로 길들여지던
평온하지만 지루한
카펫 위에서의 사육을 거부하며 탈출한
파란 고양이

낯선 노지의 황폐함
푸석이는 먼지에 코를 박고 간다
먼저 이 길을 걸었을
어느 고양이의 발자국을 따라서

사계절 돌아
이제 돌아갈 수도 없는 밤
불빛 없는 길에 서 있다
주인의 가죽 목걸이도
벌써 끊어져
끊어져

사육의 안락 대신
자유의 대지에서 새벽이슬을 마시며
야생의 길을 가고 있다

## 타인의 땅 46
### — 진화하는 꿈

이상해요
겨드랑이가 가려워요
날개 자라 듯
손가락으로 긁어 피가 나도
가시지 않는 가려움증이네요

미카엘 대천사의 꿈,
날고 싶다한 그대의 꿈,
그러나 날개가 없어 고통하던 우리들
땅에 발 딛고 살면서도 날고 싶은 소망을 키운
날개의 소망은 우리들의 비극이 되었다
꿈 버리지 않는 한
만족하지 못하는

인간을 땅에 살게 하셨으면서도 꿈을 갖게 하시는
하여 고뇌하는 인간을 원하시는 하느님

발 가진 인간에게 날개는 고통이었다
꿈의 각질만 비대해져
꿈 버리는
현실주의자가 늘고 있다

나도 꿈 버리는 청빈주의자가 되고 있었다
그런데, 지쳐 잠든 어느 밤
겨드랑이가 가렵고
깃털이 돋아나더니
오늘은 한쪽 날개죽지의 뼈가 잡힌다

# 타인의 땅 47
— 뱃사공

폭풍우에 흔들리는 강을 건너야 한다
정박한 사공의 팔뚝은 튼튼했다
건강한 그의 손과 단단한 다리
육지로 실어 주리라 믿었다
난 그의 배에 짐을 올려놓았다

당신 생의 무게로 내 배가 흔들리는구려
강을 무사히 건너기 위해선 흔들리는 생을 버리라 한다
난 지금껏 끌고 온 생의 무게를 버릴 수 없다고 했다
각자의 얘기는 파도소리에 묻히며
난청기류를 만들어 냈다

우리 각자의 이야기는
알 수 없는 암호가 되어갔다
서로의 암호를 해독할 수 없는 혹한지대

나의 암호를 해독할 수 없는 그와
그의 암호를 해독할 수 없는 나
흔들리며 건너고 있다

## 타인의 땅 48
### — 흔적

사람은 더불어 살아 간다
더불어 살아가기를 원한다
더불어 살던 사람이 떠나 간다
떠나간 사람은 같은 곳엔 돌아오지 않는다

떠난 사람이 남긴 골은 깊이 패여
어디서나 발을 빠뜨린다

사방천지 널려 있는 덫을 피해 다녀도
흔적 속에 널려 있는 블랙홀

함정은 저항하면 할수록
더 깊어져 수렁이 된다

# 타인의 땅 49
— 선인장

교토에서 쓰기 시작한 타인의 땅
시를 쓰며 나는
타인의 땅이 아닌 고향의 넉넉함을 알게 되었다
나이 들어 맞이하는 제2의 고향

살아가는 순간엔
힘겨운 나날이었고
살아내면 추억이 되는

가시 박힌 선인장처럼
가시를 키웠는데 더불어
커다란 잎사귀도 함께 자랐다

가시 돋는 나날은 따가운 고통이었지만
모르는 사이
그늘 되는 떡갈잎도 자라고 있었다

## 타인의 땅 50
### — 신기루 할아버지

코마고메 역
북쪽 출구에 비가 온다
지하도 입구에 터 잡은 신기루 할아버지의 휴일은 비 오는 날
그의 휴일은 언제나 먹구름이다

날씨 맑으면 자리 깔고 앉아
세상 사람 밟고 다닌
땅을 수선하시는 할아버지

뒤축 닳아진 지구도 있고
앞축 낡아 구멍 뚫린 땅도 있고
하이힐 고무 바킹 떨어져 나간 우주도 있다

가지각색의 땅을 밟고 다닌
사람들의 지구를 수선하시는

할아버지의 연휴가 지속되는 6월 장마
그의 쌀독 수위가 걱정 된다

그는 오늘 바닥난 쌀독 안에서
흐린 하늘을 수선하고 있다

## 타인의 땅 51
### ㅡ 도쿄 행 야간버스, 드림호

120도 허리 눕힌 의자에
나도 120도 눕는다
눈 감지 못하는 밤을
화석처럼 쌓으며
새벽에 닿을 겨울의 도쿄역

운전기사는 5단 기어를 넣으며
불면의 시간을 달린다

2시간 30분의 신칸센과
8시간 야간 버스의 차이는 시간이다
그리고 시간이 돈으로 환산되는
내가 탄 버스의 이름은 드림호이다

드림,
드림호,
아이러니가 등뼈에 눌러 붙어 따끔거린다
어떤 꿈을 싣고 야간버스에 탑승하기를
운전기사는 희망하는 걸까

고통이었지만 아름다웠던
그리고 청춘이었던 교토를
내 책갈피에 끼워 넣고
난 또 다른 드림을 위해
드림호를 타고
달려 간다

출발이 가난하여 선택한 드림호
버스의 누추한 불면으로
憧憬이 아닌 東京 속으로
불확실한 미지의 드림을 위해
내가 꿈꾸는 추상화를 스스로 그리기 위해
설레지만 두려운 출발,
드림호가 간다

## 타인의 땅 52
### — 도쿄의 첫날

나보다 이틀 후에 도착될 이삿짐
트렁크 2개로 시작해
20개의 박스로 불어난 짐
번호 매긴 20개의 고행과 방황
창고에서 순서 기다리고 있을 것이다

이삿짐 늘린 개수만큼 늘어난 내 나이에
무엇이 더해졌을까
나이 드는 황폐함 안에 무엇이 자라나고 있었을까

배달될 짐보다 내가 먼저 도착해
아무것도 없는 12조 다다미 방 안에
나만 덩그마니 놓여있다

집 앞에서 산
오천팔백 엔의 니시가와 담요 한 장
그 속에 몸을 말고 눕는다
4월, 밖은 화사한 블라우스 같은 봄인데도

방안은 춥다
오그라드는 온 몸을 돌돌 말아
창고에서 잠자고 있을 내 이불을 추억한다

새벽, 다다미를 뚫고 올라온 냉기는
고독에 돌돌 말린 나를
공포의 입으로 굴렸다

## 타인의 땅 53
### — 나리타 공항

오늘 나리타 공항 떠나는 사람은
바람 가득 넣은 풍선 들고 왔었다
납작했던 타원형의 고무 부풀어 올라
점점 더 선명하게 기쁨의 선 나타내며
날 부유케 했다

출렁이지 못하는 평지만 놓인 아스팔트
일순 갈라지는 파도가 되고
꽃피는 식물원이 되고
골프장 잔디 같은 평화를 만들었다

날 저물어
쟈팬 에어 시스템을 타고 떠나는 사람은
바다서 묻혀 온 물방울 털어내며
건조한 물미역으로 자유석에 앉아 있다

나리타 공항,
물미역에서 건져 올린 물방울
모두모두 긁어모아
나는 모노레일을 타고 평화 잊으러 간다

## 타인의 땅 54
### — 꿈꾸는 세미나

새벽 5시까지 번역을 했다
"십자가에 달리신 민중"

십자가에서 내려오신 예수는 오늘도
내 등 뒤에 서 계셨다
나는 오늘도 밥을 위한 번역을
새벽 5시까지 했다
십자가에서 내려오신 예수는 그러한
나를 지켜보고 계셨다

금요일 아침 9시의 세미나
하기와라 사쿠타로(萩原　朔太郎)의 시를
발표하는 나카니시
네코마치(猫町)*의 파노라마에 걸터앉아
나는 잠이 왔다
사쿠타로의 시는 고백성사며 산문은 기도라고
그녀는 말했다
그의 문학적 파노라마관은 실제의 현실을 잃었다고

12시에 끝날 그녀의 발표는 1시까지 이어진다
그녀의 파노라마에 앉아
나는 맑은 공기가 마시고 싶다

십자가에서 내려오신 예수는 등 뒤에서
의식이 토막나는 나를 자꾸
찔러 주었다

* 네코마치(猫町) 역 - 고양이 마을
하기와라 사쿠타로(萩原 朔太郎 1886년~1942년)의 대표작이다. 소설, 1935년

# 2부

## 타인의 땅 55

### — 때로, 비오는 날

밤새
모시이불을
뚫고 올라온
습기에도 생명이 있어

베개에 눌린 머리카락에
착상했다
암 뿌리처럼
뿌리도 모르게 전이되기 시작해
온 몸에 습진균이 번식하고 있다

의사의 현명한 처방에
바짝 말린 명태 몸 한쪽을 비틀어 찢어내
건기를 빨아 목구멍에 삼키면
하루 분의 건기가 온 몸에 돌기 시작한다

명태의 몸은
세포와 세포사이
켜켜이 쌓이며
맑은 날을 제공했다

그래도
가끔은
명태 한 마리 큰 놈을
통째로 삼켜도,
건기전선은 멀기만 한 지
부엌 사발과
대야를 질펀히 받쳐놓는
날이 있다

# 타인의 땅 56
## — 원시(遠視)

떠나오면
그리운 것을

멀리 서면
보고픈 것을

눈에서 멀면
사랑인 것을

가까이선 원망이고
상처였던
모든 것

이렇게 떠나오면
눈물 나고
가슴 아린
그리움인 것을

떠나오니
안 보이던
네가
보이는 것을

# 타인의 땅 57
## — 유품

시내는 밤새 울었다
앞뜰 뒤뜰 풀밭 사이를 오가며
나무 그림자에 앉아 밤새 울었다
박경리 선생님이 이름 붙이셨다는
고양이 시내

주인을 먼저 보내고
혼자 남아 그 집의 주인이 되고서도
주인이 되지 못한 시내는
선생님이 만들어 주고 떠난
벽난로 옆 직사각형 구멍을 오가며
오늘도 유품 위에 앉아 있다

아버지가 입던 양복을 입는 아들
아들이 신던 구두를 신는 아버지
엄마가 끼던 반지를 끼는 딸
딸이 입던 코트를 입는 엄마

엄마의 부엌에서 차를 끓이는 김영주 여사

남아있는 흔적과 흔적사이
체온으로 부활시켜 동거하고 싶은 마음이
말 걸며 말을 걸며

시내는 달 밝은 보름날과
달 지는 그믐날
마중 나간다

## 타인의 땅 58
— 뭉게구름

태어나는 사람보다
죽은 사람을
더 많이 갖게 된
나이

풀잎 끝을 보다가
죽은 그의 얼굴을 보았다
정말
그가 이제
이 세상에 없구나

가슴 내려앉는 소리
푸드득.

그러나,
언젠가는
나도
이 세상에 없겠구나
생각하니

아픔도
가벼워진다

## 타인의 땅 59
### — 이중섭 레퀴엠

물고기와 노는 두 어린이*속에는
자식이면서
성장의 때를 지키지 못한
아비의 마음이 바로서지도 못하고 누워있다

날선 칼날에
수천 번 잘려나가
심장 없는 가슴으로
살았을 아비의 마음이
거기에 겹겹이 포개져 누워있다

수 천리 회색바다를 헤쳐
동해를 건너 닿았을
도쿄 세타가야구 금기의 땅

물고기가 되어서라도
어린 두 아들과
놀고 싶은
아비

물고기가 되어
물고기가 되어 노는 일만이
아비가 될 수 있는 유일한 길
그 길을 꿈꾸는 아비

그러나 보고픔이 너무 큰 산을 넘다보면
기다림이 넘을 수 없는 고개 마루에 걸리다보면
보고픔과 기다림은
분노가 되고 단절이 되어
물고기도, 아이도 살지 않는
창살이 되고야 마는 것을

그 감옥에 갇혀 물고기로 살다 간 남자
62, 2018.

* 〈애들과 물고기와 게〉 이중섭(1916~1956)이 그린 유채화, 418×30.5㎝. 헤어져 있는 아들 태현과 태성을 그리워하며 그린 그림

## 타인의 땅 60
### — 외로운 우리의 등뼈

네가 흘리고 간 그림자에 발목이 걸렸다
네 그림자는 버석버석한 먼지가 인다
트럭 지나고 난 뒤
피어오르는 잿빛 구름같이
까칠한 흔적으로 윤기나지 않는 얼굴 같다

네가 흘린 그림자 우체통에 넣고 싶다
네가 지나간 자리 반질거리는
지방질 같은 삶 그리고 싶다
우편 봉투엔 껍질 일던 피부의 각질도 발라
반송 불가능한 등기속달을
그렇게 네 등을 떠밀고 싶다
네 그림자 속에서 먼지 같았던 삶
떠밀고 싶다

네가 주지 않았던 온실같이
촉촉한 생
떠밀릴 등 없을만큼
밀려서 왔다

## 타인의 땅 61
### — 허무의 다리

머리카락을 끊어 냈는데도 잘려나가지 않았다
잘라도 잘라도 더벅머리 자라듯 불어나는 숱
잠을 자도
이자처럼 불어나는
낡고 허름한 그림자

세면기에 달린 거울을 보면 떠오른다
2년 전 허무의 다리를 잘라버린 그녀
더 이상 올라갈 수도 내려갈 수도 없는 막다른 계단에
서 있던 깡마른 모습
그녀를 휩쓸던 회오리가
이 세상에서 다시는 그녀를 만나지 못하게 했지

그녀를 몰아냈던 저 계단 위에 걸쳐진 또 하나의 다리

# 타인의 땅 62
## — 가야할 역의 이름

이 밤 지나면 네가 돌아가야 할 나라
내가 돌아가야 할 나라
질주하는 모노레일에 맞물리며 돌아가겠지
아픔도 익숙해지면 편안함 되듯
오늘의 우리 잊고
개인으로 돌아가는 거야
밤 아무리 깊어도
새벽 아무리 멀어도

내일이 오면
너는 3번 홈의 기차를 타야 하고
나는 4번 홈의 기차를 타야 한다
우리 타야 할 기차는 다르고
가야 할 역의 이름도 다른
따로 앉아 각자의 창밖을 보며

내일이 오면
같은 기차의 동승객 되지 못한
너는 3번 홈으로
나는 4번 홈으로
시든 꽃이 핀 기차를 타러 갈 거야

## 타인의 땅 63
### — 엄마의 방

엄마의 방엔 향기가 있었어요
세상 빛깔 모르고
당신 방에서 소꿉놀이할 땐 더욱 향기로웠지요
당신은 아랫목을 비워 주셨고
그 때의 세상은 모두 따뜻함이었어요

엄마 방 벗어나 세상 빛깔에 눈 떠 갈 때
말없이 세상 속에 놓아주셨죠
당신 방에서 배우지 않은
당신이 내게 말해주지 않은 세계
따뜻하지 않은 웃목에 겁 없이 날 맡기려 할 때,
나 세상 빛깔 어둡다 말하며 당신 방으로 돌아오면
내 손 잡으며 비켜가라 하셨죠

이제는 떠나와 내 방을 가진 지금
이렇게 내 방을 가졌는데도
내 방서 놀아줄
내 방 한 켠 나눠가질

나와 같았던 딸을 어머니, 아직 갖질 못했어요
당신이 내게 알려준 따뜻한 잠,
이루지 못하는 질펀한 집에서 살고 있어요

## 타인의 땅 64
### — 원고

하나의 시나리오를 완성시키며 가고 있는 그의 거친 두 어깨
아직 제목 달지 않은 미완의 원고뭉치
책상에 놓아둔 채 그는 외출했다
펼쳐진 원고
하얀 빛 받으며 바래간다

연필과 종이로만 쓰여지지 않는 대사
지금 어느 부분 거리에서 쓰고 있을까
그가 내게 해 주는 색깔 없는 꿈 얘기
내가 그에게 습관처럼 속삭이는 무채색의 말
삼인칭의 누구와 또 다른 대사
인칭대명사만이 아닌 무대 세트의 비틀리는 언어

오늘도 책상으로 돌아오지 않는 그
원고지의 남은 빈 칸
불안정한 관람석에서 쓰고 있다

## 타인의 땅 65
### — 무소식

이제는 커튼을 치겠어요
창문 활짝 열고 기다린 하루
내 창을 향해 걸어오긴 너무 늦은 시간이 됐고
너무 오랫동안 기다리게 했어요

기다림도 시들어간다는 것을 모르는 당신
시력이 약하면 청각이 예민해져
두 귀 열어 둔 창문
이제 청각 세포도 퇴행을 시작했군요

계절 보내고 앉은
내 등엔 곱추의 혹이 자라고
혹이 무거워
일어서는 법도 잊은 채

이젠 창문을 닫고
암막 커튼도
두껍게 닫겠어요

## 타인의 땅 66
### — 섬

너에게 가는 길은 설레임이 아니었다
파란 바다에 뿌리내리고 앉아
표정도 체온도 없이
견고한 모습으로 너는 앉아 있다

무표정 속에서 넌
점점 거대한 섬으로 자라고 있다
너의 견고함이 내 쉼터 될 수 없음을 알고
너를 떠나 육지로 왔다

그러나 내가 떠난 뒤 전해진 너의 소식
육중한 몸이 바다 깊이 가라앉고 있음을
너의 체온이 싸늘히 식어 가고 있음을

무표정한 네 얼굴에도 눈물이 흐르는 것을
내가 너의 땅 안에서 꿈꾸는 것이
네게 기쁨이 되고
표정 없는 네 가슴속에도
사실은 잔술 바람이 일렁이고 있었음을

## 타인의 땅 67
### — 분화구

나 이제 눈 떠도 될 세상인가
흘러도 될 땅인가
때가 아니라 해도
지붕 없는 집이라 해도 좋다

어두울수록 비수의 날은 번득였고
추울수록 온기는 절대였다
너희들의 따뜻한 화롯가 대신
얼음바닥을 헤맸고
헐어 낡아진 홀수의 의복을 걸쳤었다

추운 밤, 단련된 내 손마디는
달콤함을 잃고
가슴은 화로가 되었다
어둠 속에서 키워온 마그마로
부글부글 끓는 용암으로
나는 이제 화산이고 싶다

## 타인의 땅 68
### — 가시오가피

이것은 엑기스랍니다.
바다가 소금 한 알로
응축 되었듯

가시오가피 수많은 가시
한 방울 액체로
약물 되었듯

사랑의 홍수 속에서
당신께 줄 수 있는
한마디

미움의 거리에서도
지워지지 않은 말

아물지 않는 속살
터가며
그래도 남겨진 말

오늘
당신께 주고 싶은
오직 한 마디

“미안해요”

## 타인의 땅 69
### — 꽃 피지 않아도 좋을 꽃

1

뜨거움으로 바라보고 선
나를 담당할 수 없어
나의 열기 식어가기를 바라며
차가운 펌프질로
나를 식혀주었지

열 피어오를 때마다
가시 같은 소낙비 퍼 부으며
사그라지길 기다렸어

나를 감당할 수 없고
나를 받을 수 없고
허락하지 못하는
너는 날로 가시밭이 되어 갔지

2

당신을 바라보며 키워 온
나뭇잎과 푸르른 줄기
매달리는 꽃망울
때가 되면 화사한 꽃
그대 앞에서 피워지고 싶었지
그러나 그대의 가시밭
잎과 줄기 붉은 꽃망울
물기 빨지 못하고 말라 갔어
시들어 가는 내 허리
만개 기다릴 꽃망울
내게서 떨어져 갔지

3

그러나, 그대가 숨어서 울 듯
꽃 피지 않아도 좋을 꽃으로
그대 곁에서 자라고 있지

# 타인의 땅 70
## — 시편

1
오만과 항변이
당신 밖에서
무참히 깨어지고
진정
당신 앞에서는
어찌할 수 없습니다

2
수없이 집 떠난 탕자가 되고
돌아온 아들이 되었습니다
다시 돌아와서는
뿌리내리며 질기게 살아지길 원하지만
어느 때, 어느 곳
나를 내모는 모진 채찍 있을까
두렵습니다

3
넘어짐도
일어섬도
내 힘이 아니었습니다
날 있게 하신
당신의 능력이었습니다

4
오늘 침묵할 수 있는 것은
언젠가 덤덤히 만나도
아프지 않을 그때를 위해
견디는 것입니다

5
하루의 시작과 끝
함께 동행 하시며
이끄시나이다
내 희망과 계획표 또한

당신의 허락 안에서만이
참된 의미로 빛이 납니다

6
비로소
기도할 수 있기 위해
등 돌리고
버려지고
소외된 날들을 대가로
치루었습니다

7
내가 내 길 찾아 헤맬 땐
수만 갈래 갈라진 혼돈 된 길이 보였습니다
내 왕국 위해 성 쌓아갈 땐
따뜻한 햇살 보이지 않고
성 안의 그늘만 보았습니다
염려하고 재촉하며 살찌우며 걷던 길

그러나, 당신은
내 발로 내 길 가지 않게 하시고
내가 알지 못했던 곳
당신이 저를 위해 갖고 계신 계획으로
이끌었음을
그 길 지나쳐서야 알게 하셨습니다

# 에필로그

여름내 무성히 잎을 키워 내던 나무는
가을 단풍 또한 절정의 모습으로 아름다웠다.
여름에 가지를 뻗지 못하고 잎을 달지 못했던 나무는
가을 단풍도 바삭바삭 마르고 잎도 떨구지 못하고 있었다.
창밖의 나무들을 사계절 바라보며 올 가을에도 이 생각에 머물렀다.

여름을 건강히 자란 나무는 단풍도 아름답고 풍성하여 떨구는 잎도 많구나.
이것은 나무가 내게 준 가르침이다.
그리고 청춘을 건강히 살아 온 사람은, 황혼도 아름다울 수 있다는 것을 알게 했다.
너무 늦게 알게 된 교훈인지도 모른다.
만약 내가 좀더 일찍 이 교훈을 알았더라면
지금의 내 황혼은 더 아름다울 것이고, 투명할 것이고,

수확의 열매도 달 것이며, 떨구는 잎도 풍성했을 것이다.
그러나 후회는 하지 않는다. 다만 전하고 싶다.

청춘인 그대,
지금이 그대에겐 가지를 뻗고 잎을 키울
여름이라는 것을 전해주고 싶다.
여름을 씩씩하고 건강히 지내다보면
그대의 가을은 샛노란 잎과 붉은 잎을 매달며
땅이 푹신하도록 많은 잎사귀를 떨굴 것이다.
신은 그러한 그대의 봄과 여름을 축복하며
가지와 잎을 키워낼 것이다.

2019년 1월, 백양관 S401호에서

이평춘

# 타인의 땅

**초판 1쇄 발행일** 2019년 1월 14일

**지은이** 이평춘
**펴낸이** 박영희
**편집** 박은지
**디자인** 원채현
**마케팅** 김유미
**인쇄·제본** 태광 인쇄
**펴낸곳** 도서출판 어문학사
서울특별시 도봉구 해등로 357 나너울카운티 1층
대표전화: 02-998-0094/편집부1: 02-998-2267, 편집부2: 02-998-2269
홈페이지: www.amhbook.com
트위터: @with_amhbook
페이스북: https://www.facebook.com/amhbook
블로그: 네이버 http://blog.naver.com/amhbook
다음 http://blog.daum.net/amhbook
e-mail: am@amhbook.com
등록: 2004년 7월 26일 제2009-2호

ISBN 978-89-6184-486-4 03810

**정가** 10,000원

이 도서의 국립중앙도서관 출판예정도서목록(CIP)은 서지정보유통지원시스템 홈페이지(http://seoji.nl.go.kr)와 국가자료공동목록시스템(http://www.nl.go.kr/kolisnet)에서 이용하실 수 있습니다.
(CIP제어번호: CIP2018041632)

※잘못 만들어진 책은 교환해 드립니다.